詩集

太陽のストーブ

星田 桜

Hoshida Sakura

文芸社

目次

まんまのまんま

一年草

みごとに咲いたマリーゴールドたち
風になびき顔をよせながら
「もうすぐ冬がくるんだよね」
「わたしたちはこのままきれいな姿のままでいられるのかしら」
「なんだかまわりの草木は枯れてるわ」
だいじょうぶ　だいじょうぶ　わたしたちはだいじょうぶ
「でも雪が降ったらかなわないわ」
だいじょうぶ　ほんとうにわたしたちはだいじょうぶ
雨の時だって風の強いときだってのりこえてきたんだから……
「もみじさんも　いちょうさんも　毎日たくさん散ってるわ」

だいじょうぶ　コスモスさんだってまだ元気よ！
その数日後ゆき虫がとび
そのまた十日後初雪がふった
「やっぱりわたしたち枯れていくのよ　少し茶色になってきた」
だいじょうぶ　なぜってわたしたちは一年草
「……一年草？」
どの仲間より長く咲いてみせましょう
だいじょうぶ　だいじょうぶって
一日も長く生きなきゃ
いけないのよ

犠　牲

川の雑魚《ざこ》が派手な模様の魚に恋をした
自分は小さいし　地味な色で目立たないからと
気をひこうとした
群れから一匹離れメスの横に近づいたり
長ーいフンに巻きこまれたりしたけど
虫の餌や住宅から流れたごはん粒をくわえ
近づいておとしてはいつもそっぽをむかれた
川では時々人間の罠のつりばりが光っている
いっこうに雑魚に目をくれないメスの魚が
青く光った針に近づいた

「これを食べちゃだめだよ」
ちいさいひれをフル回転させ　ようやくつりばりの前に近づいたとたん
パクッとメスにのみこまれた
雑魚はこれでいいんだと命の終りを感じた
つりばりがすくいあげられていったとたん
メスは傷だらけの雑魚を吐き出し去っていった
雑魚は川の流れにフワフワ浮いて
もう決して追うことはなく
群れからはずれて流れていった

巡り来るもの

よーく目をこらしてみてごらん
秋風にあおられながら
細いトンボがいっぴき
入道雲に近づこうと挑戦している

よーく目をこらしてみてごらん
夏の暑さに耐えた木の若葉が
両手を広げて深呼吸している

よーく目をこらしてみてごらん

赤いダリアと西洋ひまわりが（かれた頭をおもそうに）
疲れきった顔で地面をみつめている

よーく目をこらしてみてごらん
うっすらと赤くなったナナカマドが
また冬がくるよと苦笑《にがわら》いしている

よーく目をこらしてみてごらん
私はもう一度咲いてもいいのかなあと
タンポポの葉っぱがまわりの雑草と
おしゃべりしている

ひとつの点

五年前　私はまっ白い雪の中の
迷えるひとつの点でした
土手を登ると街なのに
膝まで深い足跡をつくり
夕暮れの河《か》川敷《せんじき》に一人きり
街路樹から仲間をよぶカラスと
殺風景な川の音
ここは淋しい別世界
右や左といったりきたりのひとつの点を
さもあざけり笑うように

ヘリコプターが真上から離れない
バタバタバタバタバタバタバタバタ
そういえば大通公園の雪まつりの最中
観光客が集まっているのだろう
そしていったりきたりのこんな私は
いつまでつづくのかと
かわいそうな
ひとつの点にみえたのです

まんまのまんま

朝の残りのお弁当
まっ白まんまにカリカリピンクのシャケ少し
まんまのまんま
いつもよりちょっと豪華だね
パパの残したとり肉とミニトマト二個
まんまのまんま
みんなチラチラみるんだろうな
そろそろ弁当食べにみんなのところへいこうかな
まんまのまんまそのまんま
仕事いいつけられちゃった

あんまりやったことないこと
「できる?」っていわれて時間をかけてやってみた
一つは何とか　もう一つはちょっとダメ
悔しいな
まんまのまんま
お弁当はリュックの中でそのまんま
もう昼休み終っていた
「ごはんは」って心配されない
緊張してるからおなかもすかないよ
まんまのまんま
まだ帰れないのとやっぱりいわれた
はいもう帰れます
急いで帰る仕度をした

小走りで仕事場を出た
私のいつもの笑顔はどこにもないんだな
怯《おび》えた二つの目と
重い足のうら
まんまのまんま
まんまのまんま
家に帰った
弁当は台所で急いで食べた
冷たいまんま　ちょっとすっぱくなっていた
体が急に冷《ひ》えてきた
心もちょっと冷たくなった

みみずの独り言

ほこりだらけのみみずがニョロニョロ散歩した
その横を黒くてカッコイイアリがアスファルトの割れ目から出てきた
アリには三角のキリリとした頭とひげと胴体とお尻と
手足が六本もついて忙しそうに働いている
じゃ僕はどうだ
手足もなければ三角の頭さえない
目だってあるかないかわからないし
茶色の湿《しめ》った紐《ひも》じゃないか……
特別働くわけじゃなくただウンコするだけ
あーはずかしい土の中にもぐっちゃえ

神様も不公平なもんだ　人間なんか気持ちわるいって逃げちゃうよ
そこへすずめがとんできてくちばしでツンツンつまんだ
でもニュルっとすべって落としてしまった
あー助かった　自分を投げやりに考えたから神様におこられたんだ
まだ子供のすずめらしい　でもまてよカラスが騒いでいる
大変だ子すずめを二ひきのカラスがおっかけている
僕にはみえたんだ
ホッペのところ赤くなっておびえて高いところで泣いていた
でも何もできない　石を投げることもできないし
餌食《えじき》にさえなれない
ニョロニョロだれか助けてあげて……
どこまでもどこまでも追いかけられたすずめは
とうとう道のはじっこに落ちていた

やさしい人がティッシュにくるんで花だんの中へおいてあげた
僕は何もできなかった
でも誰にもみえない目があった　耳があった　そして心があった

雨あがり外に出てみようと散歩する
バカな仲間がふんづけられてのびてるけど
僕はこれで満足さ
どの世界も体や心を削って必死で生きてるんだから
そう　それが目にみえなくてもね

ちょっと悲しい

人はだれでも
好きな人　嫌いな人がいる
私を避ける人　毛嫌いする人
馬鹿にする者　下にみる者
どうせ気持ちよく生きていくなら
笑って頭を下げてりゃいい
一度だけ一人だけにあいさつをしなかった
心でざまーみろと思った
でも気分悪いのはこっちの方だ
いつもの私じゃないと周りは思うだろう

人を責めたって面白くない
でも人のために動いても
損ばかりする自分はちょっと悲しい
いつかきっといいことがあると心でつぶやく
そして深い心の谷間から
またうっすら涙とともに
笑みがこぼれる

青空の下で

青空の下で
人は歌い
鳥はさえずり
植物は上を向き
生きようとする
しかし
人間の　何気《なにげ》ない言葉で
人どうしが傷つき
苦しみ　嘆き悩む
鳥たちも　蝶も　トンボも

全部姿を消すように
人間の心の迷いで
どうにでもなる
やさしい心があったなら
たとえどんな田舎《いなか》や都会にいようと
生きていることを
すばらしいと思えるだろう
動物を好んでも
人に冷たくする人間
人や自然に
ありがとうといえない人間
そう　笑顔を忘れている私達
心一つで死にたいと思ったり

生きたいと思ったり
情けないと思ったり
損したと思ったり

いつかは人間は死ぬ
動物も植物も
でも自然は残る
空も山も海も
どんな人だって
死んでしまえばみんな
冷たい土の中なのに
死んでしまいたい時
死ぬな　死ぬなと伸びつづける爪や髪

生きている時こそ楽しまなければ
苦しい時も
笑える心でなくては
みえない神や仏に悩むより
みえないからこそ
堂々と生きて　死んでやる　死にたいものだ
そして自分も
人や自然を大切にする
神となり仏となりたい

一瞬のオアシス

今日は朝から雨だった
心が沈んでいた
夕方になりようやく
曇り空にぽっかり
まるい青空がみえた
実にきれいなすんだ色だ
ところどころ
夕日があたった白く光った雲もある
人の心もそうなのだろうか
まるく青い空をみてそう思った

少し上にいくと青空と夕日できれいな空なのに
下は白い雲またその下は
よどんだ灰色の雲と雨
そして人間

心ももっと天からながめる気持ちで
考えられたら
宇宙のはんいで考えられたら
大きな広い心になれるのだろうか
低い感覚でもがいても何もならない

また雨がふった
ずんずんずんずん

青い空が小さくなった
私はほんの一瞬の
オアシスをみたんだなあ

背すじを伸ばして

ベランダのマネキン

３０００円　６０００円　９０００円　１２０００円と貯め
７８０円からはじめて　また７８０円
このくり返し
ときどき入院する親の田舎のバス代になった
東京の電車にのりたかった
ヒューンヒューンガタンガタンシューーッツ！
二年前の線路に背をむけた家々が懐かしくて
また会いたくて
ドア近くから立ってみた　流れていくビル街に
田舎者がおひさまをまぶしがり

東京に溶けようとしていた
二日間息子に必死でついて歩いた
まだ３７８０円　でも三カ月を越えると「入院」の電話が入るだろう
ガタンガタンヒューヒュー……
たとえ夜行バスに変わっても
シューッツ！　とドアが開く
ビルのベランダにいた古いマネキンが
空をみあげていたんだよ

空港にて

空港で息子を見送ったあと
私は屋上のベンチに座り
一粒の涙を流す
一瞬神様になり
ベンチの私をみつめている
やることはやったつもりが
余計なことに変わったみたいで
またまたまるくした背中の母となる
この数日のため歯をくいしばり
胸の鼓動を高ぶらせ

足りない頭をひねったが
なんだかかわいそうな自分をみていたら
息子の笑顔と重なって
また乾いた涙を流すのです
母ってこんなものなのだろうか
ふだんかけられない愛情を
まとめて与えてしまう
自己満足としかいいようがない
この年になるといましかないという気持ちで
切々と生きている
デッキの柵にしがみついている私を
黒いアゲハチョウが横ぎっていった
二日前も同じチョウをみかけた

偶然であっても私に何を教えてくれたのだろうか
息子が乗った飛行機が動きだした
ゆっくりゆっくりバックしていく
いつものことだが鼻がツンとした
こちらをむいて半回転した
涙があふれる
思いっきりわがままをいっていた顔が
私におしりをむけて滑走路へとむかっていく
みていてくれてるだろうか
この帽子が目印だよ
ゴオーッと音をたてて
四十五度に雲の間にうまっていった
二匹のトンボが飛行機の代わりとなり

さっきの黒いアゲハがまた現れて
ベンチに私をさそってくれた
気ぬけした複雑な心に
可憐なうしろ姿で
去っていった

背すじを伸ばして

すすきもそうでした
ネコジャラシもそうでした
人間に重宝《ちょうほう》される
お米になりたかったのです
なぜなれなかったのでしょうか
いいところまでいったのに
途中で変わっちゃった

すすきは夜になると
お月様に話しかけました

こうべを垂れて風にさらされ
なんと情けない姿でしょうと
ネコジャラシは自分を恥じました
何の役にも立たないやっかいものだと
せいぜい道端《みちばた》でトラックが走るたびに
ほこりと一緒に頭をふるだけだと

するとお月様はすすきにいいました
私と友達になってくれませんか
私がまんまるくなったら
きっと人間はあなたを必要とするでしょう
そこへバッタやコオロギやスズ虫がやってきました
ネコジャラシさんがいるから

人間から身を守ることができるんだよ！

そしてすすきはカリカリに枯れるまで
立派に背すじを伸ばし種をとばしました
ネコジャラシはとうとう機械で刈られてしまいました
でもちゃんと虫たちは丈夫な根っこに隠れて無事でした
月も太陽も星も人間も虫も葉っぱも
ずーっとつながっているんだ
だから悩まなくていいんだよ

地上の生きものの中で
競い合うことはないんだ
やさしくやさしく生きていればいいんだよと

茶色くなった落葉が
車の風で
忙しそうに息をふき返し
とんでいきました

泣いてしまう

息子に白髪《しらが》を抜いてもらいたいから
東京にいきたい
たった三分でおわるかもしれないけれど
ねる時天井をみてるだけでもいいから
息子におかえりなさいと笑っていいたい
本当はしばらくいたいけど
二日三日でいいんだ
近くのスーパーでごみ袋買って
部屋の窓を開けて
息子をまっていたい

ないないづくしの生活で
ようやく雪が融《と》け
鳥のさえずりや子供の声や
車の音さえほっとする
五十なかばの体の痛みを癒してくれる
目にみえる仕事が評価され
そのため立ち止まることができなかった
息子もきっとそうだろう
歩けるうちに会いにいきたい
食べられるうちに会いにいきたい
怒られてもいいから
ごめん　きちゃったといいたい
そして

白髪を一本抜いてくれたら
わんわん泣いてしまうだろう

フキは春を待つ

都会へと繋がる道路脇
季節はずれの大きなフキが
秋風に操《あやつ》られ穴のあいた頭を
地面に叩きつけている
こんな風景どこでもあることだろう
ただ認めてもらえない悔しさと
切り捨てられる残酷さを少しでも感じていたから
自分と重ねてしまうのだ

フキはこう言うのかなあ

こんな場所じゃ山菜とりになんかこないよ
ここに育ったことは宿命だから
哀れな姿を見せつけてるけど
ビルの下敷きになるよりまだましさ

人間は
できれば綺麗にカッコよく生きたいと
考えるからつい考えすぎる
カッコ悪くても努力して幸せだと思えたら
生きる価値に変わりはないんだ

汚れたフキは雨・風・石・空き缶の入った袋に
あたっても強く生きていた

たとえ踏みつぶされちぎられても
根っこがはっているからまだ大丈夫って
春を待つんだ

どんな宝石だって

左手を二十度傾けくすり指をみつめる
アルコール消毒であれた手に
いつも何らかの宝石がまぼろしに光る
心の中で幸せを感じた時
左手をみつめてしまう
赤いサンゴの指輪　ブルーのトルコ石
心がほんわかしてくる
いつかこの指にとどまってくれるかなあ
形にはならないけれど
くすり指をみつめる目は真剣だ

皆が幸せならどんな宝石だって
いつも一瞬に現れるんだ

そんなくすり指をひっかけた
一日たってバンソウコウをはずしたら
白くふやけたわっかができて
ななめにちっちゃな赤サンゴができていた
そしてちょっとだけ
光ってみえた

飛行機雲

田舎の山道は今日もまた
昨日と同じく
山ブドウのつたが細い木にからまり
大きく育ったどんげの葉っぱも
風にゆれているのだろう
蟬も木にしがみつき
もっと生きたいよと
乱気《らんき》になって　ないているだろう
そうこう考えているうちに
バスからみえる青空に

飛行機雲が
一直線にのびていた

いのち

風の矢

十月半ば
とうとう動かなくなったオジギソウ
頑《かたく》なに四方の葉っぱを折りたたみ
仁王立ちし
体じゅうに風の矢を浴びた
弁慶のごとく
それでも胴体は赤い脈を打ち
幹のトゲは
日本刀の気高《けだか》さが光る
あのか弱い二葉が

ここまでたくましく
天に繋がる
一夜明け　心の迷いでまた
手であたる
こぼれそうな葉が目を覚ます
秋風にあおられながら
最後まで
こんな私に応えてくれた

ひとやすみ

赤や黄色や茶色におしゃれして
みんなひとつにまとまってねむっています
おちばはまだ死んでいません
じーっとまた生まれかわるのをまっているのです
北風がふいてきました
黄色いいちょうの葉っぱさん
「私はひよこに生まれかわるんだ、エイッ！」
チョコチョコチョンチョンカラカラコロ
かわいくななめに道路をわたりました
ほんとうに　ほんとにひよこみたい

こんどはものすごいスピードでトラックがやってきました
茶色の葉っぱさん
「私はすずめに変身するよ、それ！」
チュンチュンチュンチュンカラカラカラ
ほんとうに　ほんとにすずめだとおもった
こんもりつもったおちばさんたち
「あともうちょっと　もうちょっとがんばって！」
次から次と仲間の葉っぱは挑戦しました

歩道でふみつぶされペチャンコになっても
春がくるまであきらめません
姿は変わっても

雪の中で生まれかわるのをたのしみにまっているのです
それまでみんなひとやすみ　ひとやすみ

不幸は二種類

喉《のど》を潤す前に君は
心の綱の手を離し
秒刻みの仕業《しわざ》と
自然の仕業に呑み込まれ
罪の階段をのぼる背中になった
首すじの白さはまだあどけなく
ユニホームが体の汗で伸びていた
数分いや数秒歯車が合わず
体が欲していたペットボトルとチョコレートが
横たわってかごの中で怯《おび》えてた

さっそうと店に入る姿は
いつも目で挨拶してくれた
私も同じ時間の中に携《たずさ》わっていたのなら
気の毒でならない
思いもかけない災難は
一生人を苦しめる
同じ悩みでもいじめられ
自分に降りかかる不幸の方が
幸せであり
人を傷つける不幸の方が
最もつらいのだ
他人《ひと》事《ごと》のように何も知らない店員が
いつもと同じく笑って入ってきた

淋しいつくし

尽したよ
いっぱいつくしたよ
寒い時も
辛い時も
土筆《つくし》が枯れると
スギナに変わる
尽して尽して
やっかいなもじゃもじゃの
別人になる
そして皆から忘れられるんだ

スギナの中で
淋しい土筆が揺れている
つくすことの侘《わび》しさを
嘆いている
父と母のよう

居場所

ものいえぬもの
花であり動物であり
星であり人形であり

ものいわぬもの
唯一ことばをもった人間
つらくても悲しくてもがまんしている人なんだ
本当はわかっているのに
素直になれない人なんだ
物や生きものには寿命がある

そして自分の居場所をつくろうとする
かがやくものもいれば
そのまま消えてなくなるもの
そのくりかえしである

ものいえぬもの
ものいわぬもの
老いた人であれ苦しむ若者であれ
みにくい姿の動物であれ
むかしは遊んでもらった人形であれ
みんないつづけるのに
いっしょうけんめいだったんだよ

勝手な夢

ねむれない夜は
右足のかかとを畳につけて
わずかな冷たい心地よさで
目を閉じるのです
そして
今日一番偉かった自分に
一日で散る赤いハイビスカスを添えるのです
胃が重く労働で傷《いた》めた体を
「痛たたっ」と真横にもって
右腕を夫の肩に重ねるのです

そして
これくらい幸せなことないわ
あなたはずーっと元気でいなくちゃいけないのと
ちょっぴり涙ぐむのです
それでもねむれない時は
自分で勝手に夢をつくるのです
会いたい息子のアパートの
風呂場を磨いて
東京の電車に乗るのです
そして
ニコッと顔が緩《ゆる》み　騒いだ鼓動も
ねむりにつくのです

心の軟膏

がんばったけど
ただれた胸の眼《まなこ》で
寝返りし
クロスした手に
分身がいた
一人は豆電球に
鷲《わし》の手で救いを求めた
一人はもうまいったと
死んだふりの蜘蛛《くも》になった
そういう二人に話しかけても

慰めてはもらえない
下敷きになった白い手と
鬱血《うっけつ》した黒い手に
無愛想な私の
赤い血が流れている
がんばったよ
そうがんばったねと
心に軟膏《なんこう》を塗る

ワープしたカモメ

君が海を恋しがるから
空を突き破って仲間をつれてやってきた
札幌の中心で海はないし
川が住みかになった
どこまでも長い川だから
あきらめて君のいる近くを飛ぶよ
雨の日は餌がとれないから
グラウンドの水溜まりの虫を食べ
車の波に逆らって
ビルの上をカラスより高く飛び回り

田舎者だといわせない
君が高速バスで母さんに手を振る夜中でも
鳴いてみる
空を見上げる君と心が通じ
5Fの窓の近くを飛んだ
斜めに高く8の字を描くように
もういくらはやく飛んでも元の海には戻れない
君はどうなんだ
一つだけワープできるあながあるんだ
でももうどうでもいいんだ
この街にすっかり慣れたからね
川は細長い海だと思えばいいし
騒がしい音は波だと思い

ガソリンの臭いは舟が大漁の時の臭いと思っている
だからずーっと幸せに生きていける
君はどうなんだい
明日はわからないのはお互い様　でも今が楽しいんだ
人間ほど長く生きれないな
またどこかへワープできたら
外国かもしれないし　そう宇宙かもしれない
死んじゃったらポトンとおちるだけ
そのあとはわからない
君もそう思うかい？

ねえ　くまさん

くまさんなんか釣れた？
うん　バケツだよ
くまさんなんか釣れた？
うん　スリッパさ
くまさんなんか釣れた？
うん　ながぐつさ
なんかひっかかっている　これはでかいぞ　大物だ！
でっかくて重い大きななべだ
すごいねくまさん　釣れてばっかり

ぼくはまだなんにも釣れない
くまさんなんか釣れた？
いやまだだ　じーっとまとう
きつねさんなんか釣れた？
いやまだだよ　くまさんなんか釣れた？
釣れた釣れた　小っちゃな空ビンだ
きつねさんなんか釣れた？
はじめて釣れたよ　これは何だろう　自転車のチューブだよ
あー楽しかった　でも重たいね
今度こそ魚が釣れるといいね
今日の夕食は何にしようかな
自転車のタイヤのチューブを入れ換えて
バケツに水くんで大きなおなべに入れるんだ

それでお魚がないから
お空のお月様を浮かべて
葉っぱでしゃぶしゃぶにしようか
そうだね　そのまえに山ぶどうの汁のビンで乾杯しよう
くまさんは片方の足にながぐつをはき
きつねさんも片方の足にスリッパをひっかけて夕食の用意をした
乾杯〜
くまさんの目標は？
やっぱり魚がたべたいな
そうだね　あとスリッパとながぐつも
もうひとつずつ釣れるといいね
おなべのお月様は
ゆらゆらとほほえんで去っていきました

太陽のストーブ

前を向いて

二十年前
今はない本屋の１Ｆに
灰色の老人が
細い指にクレパスを持ちレジに並んだ
絵を描く人だろうか
周りが錆《さ》びた鉄のにおいになった
この人はもう長くはないだろう
店員にほしいものを話すが
引きぎみの顔で　ないですと
次の客を受け入れた

何がほしかったのだろうか
そのあとの足取りはわからないが
倒木になって去っていった

十五年前
中学の息子と木造の古い模型店へ
興味半分で入った
看板も色おちし
ひっそり店をつづけていた
鉄道の模型がうっすら粉のほこりで飾ってある
薄暗い奥で店の主人が
つやのない顔で座っていた
ずーっと残っていた飛行機や艦船の箱が

その場所に眠っている
小さいパーツの部品まで
痩《や》せた血管の空気に染まっていた

五年前
駅の地下の人混みを
サークルの先生が奥さんと笑って歩いていた
軽い足取りで生き生きしていた
あれから三年後体調を崩したと聞いていたが
元気になられることを祈っていた
街のガラス越しのカフェの前で
小さい杖に支えられた人が
二人の女性と会話している

「先生　大丈夫」
直接食べられないからと
笑って細い声が北風に響いていた
私はきっとその先生だろうと直感した
もうそこを歩くことはない
私はいつでもその場所を歩くことはできる
それなのに下をむいてばかりいる
まだ奮い立つ血が流れているのに
そんなに自分は不幸ではないはずだ
生きる力を最後まで振り絞った立派な姿は
目立たなくもの静かで惜しまれる
老いと病を受け入れて
何かをしようと鷹《たか》の目で前を向いていた

雲の七変化

天の神様が寒くってくしゃみした
「ヘエークション！」
空をおおっていた白い雲が吹き飛ばされて
長い首でたてがみを乱した白馬になった
ずーっと白馬でいたかったけど　太陽が昇ってきたら
たれ目で舌をたらし　エサをおねだりする牛になった
エサを食べられるんなら　このままでいいと思ったけど
なかなかお口に入らないから
爪のとがったヒョウになってエサを探した
神様は鼻をかんだ「ブヒ～～ッ」

そのチリ紙をポイと捨てたらホワホワのウサギになった
それを目掛けてヒョウは突進したけど
太陽の光で瘦せちゃって
下顎《したあご》を前に突き出したワニになった
ヒュースルスルスルーーー
とうとうウサギはワニに吸い込まれ
おなかがふくれ満足して手足を伸ばしたシェパードになった
太陽のストーブで暖まった神様は
青い空をもっと青くした
せっかく眠っていたのに上からずんずん押され
しっぽの方から子ギツネになり
隣の大きな顔のお母さんキツネに
「いつまで遊んでいるの」

と叱られてトボトボあるいてくっついちゃった

心の泉

おぎゃーとうまれにっこり笑った
パパはだっこ
のびた爪をパチンパチン
おんぶもだっこも大変で
あんよタンタン　おててパチパチ
あんまテンテンって覚えたよ

お口いっぱい食べました
おっぱいずーっとのみました
ゲラゲラ腹から楽しくて

補助輪スピードオーバーで
窓からよんでも帰りません
小さな図鑑バッグに入れて
おままごととして教えてた

どんちょうが上がって
てんてんてんてまりと琴弾いて
赤いお着物髪かざり
ママと一緒に習ったね

単身赴任のパパと手をつなぎ
帰りの車
笑って手を振っておっかけた

アパート帰って目をはらし
ドンドンドアをたたいたね

兄ちゃんたちに負けないと
比べられたと反抗期
おこってばかりでごめんなさい
ママ本当にわるかった

白い着物と銀の帯
二十歳《はたち》になって化粧してきれいに立派になりました
どんなことがあったって
それも誰もがとおる道
泣いた涙は乾くけど心の泉が満たされるの

ずーっとずーっと幸せに幸せになってほしい

しっかりもののあなたでも
世間は厳しくつらいもの
あちこち青あざたえないね
まだ二十《はたち》と四歳なのに
毎日毎日働いて
そこでそこで働いて
時間の合間にメールうち
甘いものが食べたいと
生クリームが食べたいと
あまえてくれた

飼い主が死んだ

鼻のところが白いみけ猫が散歩から帰ったけど
戸が閉まって家に入れなかった
何日も何日も入れなかった
おなかをすかせて近所をあるきまわり「あらみけちゃんどうしたの」
おなかがすいたっていえないで大きなおめめでお話しした
またとぼとぼくねくね帰るところがないから　しってるところあるいて
大きなおめめでお話しした
やがて倉庫の軒下にすんでいたのら猫に
いっしょにすもうぜと誘われた
元々そこは飼い主の土地で捨てられた猫が

まっ黒だったり灰色だったり同じみけ猫だったり
代々生活を軒下で繋いできた
そしてなぜかほんの短い命で生きのびて
しらないうちにどこかで死んでいった
餌といえば小さな畑の肥やしに使うその日その日の
飼い主が捨てたごちゃごちゃの食べかす
みけ猫はそれをしっていたから本当はばかにしていままで見ていたけど
ここで生きるしかないと思った
その日はほとんど食べものはなかったけど　いっしょに食べれそうなものを
口にしてはまずかったりおなかをこわしたりしたけど仲良しになった
軒下で寝るのはとっても寒かったし怖かった
のら猫がいった
「春になるとこの下でずーっとずーっと何年も何年も生きている

へビがでてくるんだ　長くって赤い舌をだす青だいしょうだよ
昔台風の時川から流されてきてここにすみついたらしい」
みけ猫は一度みたことがあったので目をまるくしてきいていた
へビの上で寝れるからきっと守られていると思って
寒い寒い冬も生きていけると安心した
倉庫のまわりを毎日毎日走りまわっても　もう餌になる食べかすは
畑にはまかれなかった
そのうち食べたことない虫など口にしたけど
悪いことをしないかぎり生きていけなかった
のら猫が少し遠くまでいこうと誘った
みけ猫はもう毛も汚れていたけどのら猫よりはかわいくみえた
どこへいくのか泥棒でもしようとしているのか　でもついていった
一人暮らしのおばあさんの家の前で二匹は遊んだ

おなかすいていたけど
あんまりのら猫がじゃれるのでのどをならして
じゃれあった
煮干しが一本玄関からポンととんだ
びっくりしたけど二匹でわけてたべようとした
それをみていたおばあさんは
「しっしっきたないねこだねー　あんたはあっちへいきなさい」
ってのら猫をおいはらった
煮干しをなめただけで一回振り向き逃げちゃった
「かわいいね、あんた家に入るかい」
みけ猫は冬がくるまえにようやく新しい飼い主の家にすめた
のら猫には冷たかったけど三度三度ごはんがもらえた
九十歳くらいのおばあさんだけど背中もまるくないし

テレビをみながらよく話しかけてくれた
みけ猫もひとまわり大きくなり
一年、二年、三年こういう平凡な幸せな時間が流れた
四年目の十一月夕食を食べてた時おばあさんが胸をおさえて動けなくなった
石油ストーブはぼんぼん燃えていたけど顔色が変わり死んでしまった
みけ猫はおろおろした　もしかしたらまた起きてくれると思って
ちょっとごはんを食べた
夜になっても次の朝になってもまた夜になってもおきてくれなかった
石油ストーブはぼんぼん燃えていた
おばあさんの茶わんのごはんはカリカリになった
三日目の朝近くのおじさんがきて
そのあと救急車がおばあさんを連れてった
みけ猫は外においい出された

家は鍵をかけられ入れなかった
そのあとどうなったのかみんなみんな知らない
どこへいったのかみんなみんな知らない
おばあさんの家は更地《さらち》になってフサフサな雑草になっていた

分かれ道

落ち込む自由

あーなんという幸せ
ついていないと息子は苦しんでいるかも知れない
それは現実ではあるが
そうではない好きなことをしてほしいって
息子に伝えたい
人と比べないで辛いことも楽しんでほしい
夢があるならつらいけど
こうして励ましてやれることも
幸せなんだ
あと二日息子はいてくれる

あーなんと幸せなことか
神も仏もあるものかなんて
考えたこともあったけど
やっぱりいるんだなあ
ほんとうの幸せってこんなものではないだろうか
順風満帆なエリートコースより
途中で挫折しかかって
七つ転んだら十起きるくらいの力を
もってほしい
あー愛しい息子
あー会いにきてくれてありがとう
私は本当に幸せものです
神様ありがとう

悩むことも自由
落ち込むことも自由
頑張れ！

誰が犯人か

これから裁判をはじめます

私は　ひどく体の調子が悪くたちのわるいカゼをひいてしまいました
元をたどれば　きっと異国からやってくる渡り鳥のせいでしょう
そこで私は　毎年この時期池にやってくる一羽の鳥をつかまえて
つれてまいりました

私には何のことか全くわかりません
昔から渡り鳥は生きるためこうしているのです
人間を憎いとも思わないし

できるならやさしく見守ってくれればありがたいと思っていました
たった一羽の私をつかまえて罪をきせるのは卑怯です
きっと目にみえないところで悪いしわざをするものがあるのでしょう
そうだ　きっとエサの魚のせいだ

私は水の中で人間や鳥や　自分よりももっと大きな魚にねらわれるのを
いつもビクビクしながら生きています
まして人間に食べられ多くの仲間を失っているのに
なぜ鳥のエサになるはずの私が訴えられなければいけないのですか
年寄りの魚が言ってました
水がずんずん汚くなってすみづらくなったとね
きっと水の中に浮いている青い藻のせいだよ

私のような微妙な生物を人間の病気の原因にすることは考えられません
逆に私は太陽からの光で仲間をふやし自然界でも一役かっているのです
ですから　私を訴えるのではなく濁った水が原因でしょう

形もなにもない透明な私は　あらゆる生き物になくてはならないもの
何で私が訴えられるのでしょう
私には何の罪もありません
ただ私の中に存在する目にみえない生きもののせいでこうなったのでしょう
透明で目にはみえない小さな生きものが人間を苦しめ　はては　死滅させ
地震や雷にもまさるこわいものです
でも裁判官　どうやって　そのばい菌をつかまえるんですか
その目にみえないものが人間を死滅させるのであれば罪が重い

しかし姿形がなければ　どうすることもできない
よって　同じ病気に感染した人間を犯人とする
ザワ　ザワ　ザワ

闇の中の光

すべて思い通りにいかないことが
私自身であることに
感謝をし
日があたる時はわからなくても
闇の中で着古した衣服を
つままれても
一瞬の静電気の光となり
人として学ぶ姿勢を
もちつづけたい

生きる

原っぱに朝日が顔を出し
朝露で身震いしている白詰草《しろつめくさ》が咲いていた
その中にポツポツとまだ二分咲きのたんぽぽが
目をこすり起きるのをためらっている
自然にできたアートの命
きれいに刈り取られてもなんのそのと
ひょこんと伸びる
大きく育った葉っぱにのって
川にむかって愛をささやく野鳥たち
気配《けはい》に気づくと尾びれをぱっと開いてきえてった

去年のすすきが
風に冷やかされうつむいている
石原の藪《やぶ》の中で一輪だけ
はまなすの花がみごとに咲いていた
気付かれることなく茂みに根を張っている
太陽が斜めに傾き日差しを強くした
そろそろたんぽぽは起きただろうかと探していたら
ピンク色の白詰草の家族に会った
不思議だなーと思って一本摘んだ
明日《あした》刈られてしまうかもしれないのに
大の字に花びらをひろげ甘い匂いで見送ってくれた
その命を継ごうと
弱々しい茎を硬くして水につかり

満足そうに笑って今日も咲いている

分かれ道

あれから五日後ピンク色の白詰草の家族に会いに
同じ道を散歩した
遠慮せずピチピチピチピチと騒ぐ鳥を通り過ぎ
淡い色　濃いピンク　青雲に映《は》える紫
同じピンクでもどれも違って咲いているムラサキツメクサ
そしてヒメジョオンの白いカレンさに見とれてしまい
七、八本左手に握った
白詰草は
もう少しここらへんと探しあてると
そこだけ刈りとられたかのように

家族は三本しか残っていなかった
痛々しく傾いて上目づかいで起きあがろうとしている
乾燥しても家ではありったけ開いている白詰草に
私から話せない
そこだけ戦争があったんだ
痛い足だけど歩けるうちに歩きたい
人も生物もとるに足りないものだとつくづく思う
しかしその私がいなくなったら
あたりまえのことがなくなるのだ
手足をもがれようがきっと何か役にたっているかもしれない
体を斜めにして肌色のホテルをうっとりして見る
その向かいのバス停から息子と
千歳行きで夢に向かった

そう豊平橋あたりから川は三つに分かれ
滝となり波となりうず巻きとなり海まで渡る
少しいくとゆるやかに一つの川にまとまっているのに
どの道を流れようが無駄には生きていない
しおれかけた摘んだ草花から
白詰草に話しかけてと告げられて
同じ水さしに入れた

みんな知ってるかい　おじぎ草のこと

おばさんになってもよく叱られるからちっちゃな鉢植えを買ったんだ
そう自分と同じだと思ったから
朝いやなことを思い出し右手でポンとたたくと
整列していた左右小っちゃな葉と茎がすぐ反応する
ストレス解消だと思い少し時間がたってまた元に戻っているのを横目でみる
でもよーくみてみると
葉っぱを支える茎にトゲがあった
何度も毎日自然界や人間から刺激をうけても
一瞬まいったようにみえるけど生きのこる強い意志がある
そんなことがわかったら手で叩《はた》くのをやめてみた　かわいそうだから

水やりもした　次々と新しい葉っぱが生まれ一カ月で三倍くらい成長した
今では窓ごしに風でゆれるあなたを細目でみている
心の癒しになったんだ
昨日もきつい言葉をいわれ自分を責めたりわからなくなり
一人ぼっちでこらえる
天からみたらちっぽけなことなのに
病気の人からみたらくだらない悩みなのに
なぜか堂々と生きていけない
過去の反省から真実を求めるあまり主張できずにいる自分
五十歳すぎてかっこ悪いし勉強不足だ
ほらほらまた自分を責める
雨降りで少し遅く夜があけた
いつもと同じくベランダから外をみた

なんでだろう　いつのまに咲いたんだろう
おじぎ草にボンボリのピンクの花が一つ咲いていた
かわいらしいつぼみが何こもついている
私もあなたのように強くなれるかなあ
どこからみても私の方をやさしくみてくれてる気がしてならなかった

見えないもの

大きな友達

わたしの一番の友達は
月である　星である　太陽である
それはなぜかって……？
いつも空から見ていてくれる
いつもついいてきて守ってくれるからさ
ちょうしのわるいときも
いやなことがあったときも
自信をなくしたときも
月はらんらんと　またときにはうっすらと
星にほほえむように

太陽は雨あがりの空から
むじゃきに顔をだし
かかえきれないちっちゃな心に
光をさしてくれるのさ
だから私は一人ではない
とっても大きく偉大な
神様のような友達がいる
それは月　それは星
そして太陽

なかせんじゃーねーよ

二十六歳の兄ちゃんは腹をすかしていつもよりはやく帰ってきた
パパはのみ会だからと夕食もつくらず
町内会の会計の計算をしていた
向かいあわせのテーブルに
しかめっつらの兄ちゃんがいる
「ごめんすぐつくるからね」「これ食べて」
ドーンとヨーグルトの大きな容器と
計量スプーンをおく
あっという間に食べる兄ちゃん
パソコンをいじりながら

急いでつくった豚丼を食べる
まだおなかへっているのかな
朝の残りのあら汁ものこさず食べた
賞味期限切れのカステラ三切れ牛乳
そしてグレープフルーツは
皮をむいてうつわに入れた
ニコニコして汁まで飲んだ
まだ幼稚園のころ弟のしんちゃんと
グレープフルーツをむくと二人して
「ぼくもぼくもー」と
ふざけてはやく手でとろうとしたね
あっという間に二十六歳だね
もっともっと手をかけて愛情かければよかったなー

パソコンにむかう少しねこ背の兄ちゃん見たら
涙があふれてきた
なかせんじゃーねーよ
あともう少しで旅立つんだろう?

笑顔

四年前二十五歳の次男に
背広二着つくってあげた
一番黒い礼服と
お気に入りのぴったりの
おしゃれなデザイン
ニコニコ笑って
これでいいですって
男の店員さんにうなずいて言った
これだからもう少し頑張らなきゃね
体の不安もなくなった

あの笑顔
一生わすれないよ

プレゼント

中学生から高校まで
母の日に「これ」って
やせた学生服の君は
レジ袋の牛乳プリンをひとつ
片手でくれた
おこづかいなんかなかったはずなのに
お昼のジュース代をけずったんだろう
あれから九年黄ばんだ一っこだけの
プリンの容器が娘にあたっておっこちた
白地に赤い太陽の顔のを

選んでくれた君
底についてたほこりも　とろんとした
たっぷりの乳白色でうまった
つらいことだってあっただろう
心配させたくないって
がんばったんだ
プリンのこの容器は
やさしい君の手で
つつまれている

とうめい人間

ママが死んだら仏前に
計量カップと計量スプーンでおそなえして下さい
小さい心でいっしょうけんめい
たべるから
時々ラジオをきかせてね
ＮＨＫの天気予報
「風力３　南南西の風……」
それとも株
○○円安とかね
ためた古本ほとんど読んでいないんだ

とうめい人間になったら手に力が
入らないから
好きな本をとり出せないから
時々話しかけてみて
あなたに代わってさがしてみせる
飛行機にのりたかったから
いつもいたい体もいたくなくて
空にとんで旅できる
切符代もいらないよ
安あがり安あがり
でもでもやっぱりみんなのそばがいい

お客さん

三色の雲がおり重なって窓を横ぎる
8の字を描いてカラスが空高々と狂ったようにとぶ
六月のはじめ河原にたんぽぽの綿毛が一気にとびかう
風で揺れるぼんぼりがかわいくて
自転車の私はようやく微笑《ほほえ》む
そんな私を心配したのかたんぽぽの種が
5Fの網戸の横から訪ねてきた
一切音のない部屋で体を休めていたら
窓をあけて外に出たらといいにきた
白くまぶしい雲が動かないのに

灰色の雲がとどまらず流れていく
そのひとつが自分だとしたら大きな固まりになるのか
消えていくのか急に私は見たくなった
白い雲が窓の半分私に迫ってきた
二時間雨を降らせ背中をまるくした雲が先を急いで走っていく
ベランダに散ったたんぽぽのお客さん
私の心に種を運んでくれました
強くて黄色いたんぽぽになってと教えてくれた

低空飛行

カラスが空中に動いているものを
とっさにくわえた
様子が変だ
一羽の小さな灰色と黄色い羽をもつ鳥が
とくいげにくわえているカラスから
近づいたり離れたりしている
私は信号をまっていた
でも目が離せなかった
その鳥は低空飛行でさまよって
もう少しで車にひかれそうになったから……

青になった
私はもしかして子どもの鳥なのではと思い
カラスに近づこうと走った
親鳥はどこかへにげたようだが
カラスはビル街の高い木の上にとまり
その葉と枝の間から「チッチッチッ」と
鳴きごえがした
「なにやってるのかわいそうでしょ　カラスめ！」
おいしげった葉で何も見えず
私はただ上をむいてその場を動かなかった
しかし鳴きごえと共に
ふわーっとした綿のような毛が
ゆっくりゆっくりおちてきた

「チッチッチッチッ」
まだ生きている
でもそのこえが途絶えるまで
じーっと上をむいているのは辛いと思い
私はその場をあとにした
そのあとだ
木の上からものすごいはやさで一羽の鳥がさっていった
あれが子鳥ならいいのだが……
カラスの気配はなかった
いったいどうしたことだろう……
親鳥と同じ方向ににげたのだから
子どもの鳥であってほしい
信号が赤でなければ

たすけてあげられただろうか
おっかけてカラスに近づいてやれたのに……
はや送りのテープのように
次から次と場面がうかんできた

見えないもの

こんなに幸せでいいのかしら
三人の子供達から主人の還暦のお祝いにと
定山渓《じょうざんけい》の高級ホテルをプレゼントされた
服は洗濯のしわだけど靴下は新しいのにした
いつもと変わらず近所の店の前を歩く人達が
特別その日は偉い人に見えた
昼時前《ひるどきまえ》ラーメン屋の奥さんが店の前をホウキではいているのも
偉いなーと思った
だから二日間だけ贅沢をさせて下さい
そのあと偉い人に戻りますから

傘をさし玄関で迎えてくれた仲居さん
こんなおもてなしにちょっと気取っておかしかった
田舎者だって見抜かれても仕方ないけど
やさしい顔でにこにこ丁寧に接してくれた
「すごいね　なんかホテルを貸しきったみたいだね」って
だされた食事をうまいうまいとほめて主人と食べた
一生に一度かもしれないから
子供達に感謝して目に焼きつけた
そしてはじめて主人から苦労かけたからと誕生日のサプライズで
白いサンゴの腕輪をもらった
若い時　あんなに泣いたのに　私も苦労をかけました　許してね
生きててよかった　生きててよかった
こんな「ごほうび」があるとわかったから

生きててよかった
ここで寝てしまったらもったいないと思って主人の寝顔をみていたら
ずーっと二人欠けることがないようにと祈って涙でぐしゃぐしゃになった
私って私ってと思ってばかりでもこんなにいいこともあるんだね
二日後仕事に出た
三日後私が仕事を教えてた人が今では皆から慕われて
出世して次の店舗へいく
相変わらず私は認めてもらえず
かばったことは内緒だけど
なんだか複雑な気持ちです
おまけに愛想《あいそ》よく接したお客さん二人に
「いちいち聞かなくていいからさっさと入れろ！」っておこられちゃった
やさしい心がここでも通じない

背をむけられた
私をほめてくれた人を思ったら
涙をこらえレジうった
でも　ほら　すっかり
偉い人になったじゃないの

特上の人柄

へんなお客さん

「いらっしゃいませー」
自動ドアからハトさんが
目をパッチリ首をコロコロヒクヒクさせて
二つのあしをつきだして
買い物にきた
まんなかの棚のいちばん下の
青い袋のポップコーン棚でとまったよ
「あっちあっち」と店長の手で逃げちゃった
残念せっかくきたのに買えなかった
「いらっしゃいませー」

ブーン黒くて太いおなかのみつばちが
店の中を一周した
そして
お花がないってすぐ出ていった
「いらっしゃいませー」
パタパタパタ……
なんと赤とんぼさんが自動ドアにひっかかっている
ようやく自由にしてあげたけど
しばらくタバコの戸棚で休んでて
気がついたらいなかった
「いらっしゃいませー」
ぞろぞろぞろぞろ携帯もって入ってくる
ポケモンがまたきたのかなあ

下をむいたまま
ぞろぞろぞろぞろ帰っていく
ほんとうにあったお話
ほんとうに
「ありがとうございました
またおこし下さい」

足あと

あっちに犬の足あと
タッタタタッタ
こっちに出勤する主人の足あと
スーッススペタペタスーッススペタペタ
そっちの車の足あと
ギザギザジャラジャラジュー
うっすら積もった雪で
今日一日の日記のはじまり
犬はしっぽの先でいなくなり
主人は左の指先で角を曲がった

車も寒いしぶきの音で
消えてった

私の人生論

人生はみな人体のミクロの世界の一つの小さな細胞である
男と女はほぼ同じ数で　体の営みは仏教でいう不生不滅
体内の血液や体液はバランスを調節している
しかし　人間は病気になる　大なり小なりあらゆる場所に故障が生じる
血液のような細胞が人間であれば　スムーズに循環できるもの
障害物にぶつかりながらも　何とか　クリアするもの
いや　運が悪く　病気の原因と戦っているものもある
生きているからこそ　私達は人生につまずき　誰でも幸せのままで生きられない
完璧な人生なんてないのだ
完璧であったとしても　あっけなく何かの反応で消えてしまうこともある

単純で適当な体の働きからすれば　悩もうが　もがこうが
どうでもいいことなのだ
冷たい言い方かもしれないが　人より優れることをするにはただ流され
つまずいたら悩みつづけ　勝手な妄想に入ることはムダなことなのだ
寿命には限りがある
平均寿命からすれば　あと二十年は生きていられると自分で考えたとすれば
思いもかけない不運で　そうはいかないこともある
孔子のことばに　三十にして立つ～などとあるが　それは何歳でもいい
たとえ八十歳であってもいいはずだ
それには一つひとつの細胞が常に活性化していなければいけない
その原動力は何か心の中にある向上心
そして　頭の中に大切にしまってある夢である
私は一番の不幸は　病気と考える

それともう一つ　自分よりも若い者が消えてしまうことだ
私は人間を体内のミクロの宇宙の細胞に喩《たと》えたが
一つ考えておきたいのはその細胞には　心と言葉があることだ
心の働きによって言葉が生じる
その細胞の流れの中で　どのような確率かわからないが
性格の悪いストレスの原因の人間が必ずいる
その人間は　何とかクリアしながら体内をまわっていくが
ストレスをかけられた細胞は刺激が重なり悪性化する
石の上にも三年という
常に耐えて　頑張らなければ　いけないいものなのか……
三年　いや一生の大半を苦労している人もいる
運が悪いとしかいいようがない
身動きできなければ自分自身で変えていくしかない

どこかで安楽になる逃げ道もつくらなければいけない
そして地道に自分を確実につくりあげていくことだ
神も仏もあるものかと嘆くこともある
だが　本当に努力するものに神は手をさしのべるものである
不幸に怯《おび》えてはいけない
幸せに怯えてはいけない
しかし　書いている私本人は　場所を変えれば不幸だと思い
幸せだと少しの間有頂天になっても　一瞬に消えることもしばしばある
だから怯えているのだ
元気のない細胞の私自身だからこそ　他の細胞の妨《さまた》げとなり
いい循環ができないのだ
常に心を強くもち立ち向かっていけば　少しはよい結果とはなるだろう
個々の細胞には特徴がある

性格だ　また　それに伴う感情と行動
騒ぎ立てるもの　相手を責めたてるもの
笑って口数の少ないもの　落ちこんでばかりいるもの
これらは皆もっている
人生の中でこのような時期は必ずあったはずだ
一つはトラウマとなり　また　例外的に
自分を省みず悪いことを一生　続けるものもいる
人は死ぬ　消えてなくなる
口数が多いものは忘れられる
細胞では　はかない一つにすぎないが
最後に無になっても忘れられない人間とは
特上の人柄をもつ人である

無言の交わり

隙《すき》を見てちらちらと息子を見
その一秒、二秒の顔の表情や全体像を
頭の中で無理矢理一枚の写真とし残るよう
息子がパソコンで神経をつかいまた横にいる私に気をつかい
時々あくびや手をやすめテレビをちらちら見る様子に
話す内容や話すきっかけすらつかめないが
唯一「おなかすいてない？」というタイミングを考えながら
イスに座り読みたくもない本を少し高い位置から読む
息子の胃の中の二時間程度の内容物が
いまどのくらいへったかなどと空想してしまう

できればじーっとじーっと見つめていたい
話はしなくても近くで色々なしぐさを見ていたい
でもおこられたらこまる
最後まで握手さえできなかった
痩《や》せて硬い腕をポンとたたき
またきてね　ありがとうっていっただけ

母と母

母の意味

熱で寝込んでた娘が帰った
一カ月ぶりに手術をした主人が
出勤した
年末年始次男が
お嫁さんつれて帰ってきた
帰れなかった長男の
就職祝いに
背広を新調しようと
迷って迷って
紺色にきめた

メールで返事を待ったけど
こなかった
母親ってこんなものかなあ
気に入らないっていわれたらどうしよう
ついつい手をだし口をだし足をだして
だまーっていられない
なんか淋しい
でもこうやって悩めることが
幸せなんだと思う
ぼっかぼっかの冬靴で
1000円の帽子で頭を隠し
子供と主人に買って帰る
夕暮れ間近のテレビ塔

はやく帰らなきゃ
あっまたおこられる　おこられる……

一息つく母

中島公園のベンチで一息ついてから
仕事場へいく
ビルの工事の音　信号機の音
鳥のさえずり
上を見上げ新緑をみる
遠くでブランコをこいでいる子供達
この二十四時間後は函館で
母の検査の結果をきいているのだろうか
そしてまた二十四時間後には
こうして同じく

一息ついて緊張しながら
ベンチを立っていくのだろうか
太陽で真っ白にしかみえない道を
今日も仕事場へと向かっていく

歩く母

母は歩いた
いつも仕事の日は
二十分ほどの道のりを
いきもかえりも歩いた
バス代200円うかせたら
牛乳が買える
半額のお肉が買える
夏はジュースが買えるしと
ただただ歩く
途中ひときわ目立つ

大きなおじぞう様に
きょうもまじめにがんばるよと
心でつぶやく
かえりはまたおこられたよ
がんばったのにねと
ぐちをこぼし
地下鉄にむかう方ではなく
ずーっとあしもとばかりみて
一歩一歩あるく
そのうち足の裏がいたくなった
いくつか両足うらに
タコみたいなかたいものができた
痛くてねむれない

よなかにおきて
うおのめテープとしっぷをはった
でもまた母は
仕事のたびに歩くだろう

幸せってなんだ

朝五時　おきる
新聞もほどほどに
ながしでたちっぱなし
ごはんいっぱいつくりましょう
ごみもきれいにすてましょう
それでもちらかっているけど　ごめんなさい
にゃんこめしして
くすりをのんで　水のんで
ペットボトルに水いれて　リュックにつめて　いってきます
はやめにいって働いて　一番おそくおわって帰る

ぶきようだけど頑張った
する息も半分で　あせでベトベトで頑張った
帰りはリュックに　やさいやくだもの　たくさんつめた
半額シールがほとんどだ
あしのうらは　まめが成長している
いたいなあ
よるの九時ようやくすわれた
きょうのでも　きのうの残りものでも
ようやくはらいっぱい　ごはんを食べた
ほんとに　今が　一番　幸せなんだなあ

バスの介護旅

父さん母さんと離れてるから　夜行バスで帰って
朝市で鮭切ってもらって　おみやげにする
駅の2Fで歯を磨いたら
函館山を見ながらハトに囲まれ　硬いおにぎり呑み込む
目を細め　もう何年つづいてるかなー
もう慣れちゃった　とつぶやく
土日《どにち》バスは途中で乗り継ぎはなく
熊が出る獣道《けものみち》を十キロ　鮭しょって汗をかく
いつまでも下着姿の母をせかせて
ヨタヨタの父と三人で　また函館行きに乗る

ラーメンが食べたい父を車イス借りて連れてった
薬たっぷりもらって　バナナと塩サバ買って
ギリギリ　バスに乗る
片道一時間半のバスの親子旅
父さんは安心した顔でつい財布からバラバラ小銭をおとす
母さんはずーっと整理券を探して　父さん笑った
親と子が逆転した時から現実にとけ込むのは照れくさい
子供みたいな親を見て　せつないな
パート代を両替した千円札を父に渡す
「すまないなー　気をつけて帰れよ」
背中をまるめる
海岸に沿って遅れたバスがやってきた　早く来いとほっとする
あさっての方を見て手をふる母に

ちょっと笑って手を振った　すぐ忘れちゃうからなァ……
夜中のバスまで四時間もある
さむい　さむい　おなかへったなー
半額の弁当つまみ
これでも介護してることになるのかなーって　固くなる
朝霧の中　軽くなったリュックでバスを降りる
あーすがすがしい　気持ちが楽になった
これから仕事にいかなきゃ　がんばろう！
父さんと母さんを見守って下さいって
神社を見つめた

小さくなる母

デパ地下で母にもたせる食べ物を買う
「ぜんこ　かかるからいらねー」
「いーって」
うしろからきょろきょろしながら私についてくる母
ほとんど半額の　かまぼこ　納豆　そして100円のかりんとう
片手で軽くもてる大きさなのに
「すまないねー」って大事に駅前のバス停に向かう
「母さんも大変だね　父さん入院しているうちに　ゆっくり休むんだよ」
「ほんとにさ　何十回って入院するんだもの」と
かるいボケがはじまった母は同じ言葉をくりかえす

「あー　わかったから　わかったから……」
いいところにバスがきた
「母さん　気をつけてね　むりするんじゃないよ」
「わかった　どうもね　バイバイ」
まだ母のくりかえす言葉が耳にのこる
少しけむたい顔で　でもちょっと笑って　母に手をふる
バスが動いた　母はバスのうしろまできて
最後までずーっと大きく右手をふった
たった５００円たらずの　おみやげなのに
眼を大きくして口をパクパクさせて　ずーっと手をふってくれた
そんな母が胃の検査でひっかかった
黒い影があるという
忙しく　動かずにはいられない状況で

いつも流しこむように　ごはんを食べていた
顔にはださないが　心の中で逆境に耐えていた
七十七歳まで　寝顔ががいこつにみえるほど働きとおした母
離れているから　バスと共に小さくなる母を
いとおしく思え
かわいそうに思え　かわいそうに思え
札幌行きのバスに乗る

青いからくり鳥

あとがきのようなもの

鉄のかごの青いからくり鳥をみていたら
涙がながれたのです
誰かがねじを回してくれさえすれば生きかえり
いつでも鳴けるようにぱっちりした目で
微笑んでいるからです
何百年の時代の暗さや
せつなさの時空を越えて
ただまっている姿に涙がながれたのです
自分は生きた鳥だとおもって
斜めに頭を傾けて口ばしをあけ

空をみつめていたからです
それは強さなのでしょうか
勘違いしてまた歌えるという
夢が勝つのを
幸せそうに願っている
その姿に心が打たれたのです

（2018年6月22日）

著者プロフィール

星田 桜（ほしだ さくら）

1961年4月14日生まれ
10年間いくつかの職場で働きながら、家族、両親、そして
自分との関わりの中から生まれた詩を書き続けている。
札幌市在住

詩集 太陽のストーブ

2018年11月15日 初版第1刷発行

著 者 星田 桜
発行者 瓜谷 綱延
発行所 株式会社文芸社
〒160-0022 東京都新宿区新宿1－10－1
電話 03-5369-3060（代表）
03-5369-2299（販売）

印刷所 株式会社フクイン

ISBN978-4-286-19833-0